Riggad

Riggad

Sophie McKenzie

Översättning Helena Olsson

Argasso

Sophie McKenzie: Riggad

Argasso bokförlag   www.argasso.se
Copyright © Sophie McKenzie 2009
Svensk utgåva copyright © Argasso bokförlag 2010
Översättning: Helena Olsson
Omslagets originaldesign: Brilliant White Design
Omslagsfoto: Allsport Concepts, Getty Images
Tryck: Alma Pluss, Riga, Lettland 2010
ISBN 978-91-85071-82-1

Originalets titel: The Fix
Barrington Stoke, Edinburgh 2009

Några ord från författaren

Jag har alltid velat skriva en bok om två av de saker jag gillar allra bäst – spänning och fotboll!

Jag började med att föreställa mig hur två killar, Blake och Dan, bryter sig in på en fotbollsarena i staden där de bor. Sedan fortsätter historien med en massa action och flera sidospår, innan den till slut får sin upplösning.

En viktig lärdom när man växer upp är att det spelar roll vad man gör. Man måste ta ansvar för sina handlingar. Ibland måste man göra svåra val, och rätt ofta kan det vara svårt att avgöra vad som är det rätta valet. Den här historien handlar om just det. Blake måste göra ett svårt val, och det var det jag ville skriva om.

Ett särskilt tack till min son Joe, som hjälpte mig att börja tycka om fotboll – och att skriva om det.

Till Freddie

Innehåll

1. Första målet   9

2. Mr Vilman   17

3. Erbjudandet   26

4. Rigga matchen   33

5. Semifinal   42

6. Hjälte   50

7. Precis som han   58

8. Final   67

9. Båset   76

10. Avslutning   86

1. Första målet

Blake stod framför de höga järngrindarna.
Tvärs över dem låg en bom som var fastlåst
med kedja och hänglås. En skylt med texten
TILLTRÄDE FÖRBJUDET hängde strax intill.

"Okej", sa Blake lågt och flinade mot sin
kompis. "Vi smiter in."

Dan grep tag i bommen, klättrade kvickt
över grinden och landade på andra sidan.
En sekund senare hävde sig Blake upp efter
honom. Med två snabba rörelser hade han
nått grindens krön. Han sneglade ner på
Dan som stod och väntade på honom.

"Fort", viskade Dan. "Det kan finnas
säkerhetsvakter här."

Blake nickade, men i stället för att klättra ner blev han sittande, fångad av synen framför sig. Innanför grindarna fanns en rad biljettspärrar, och bortanför dem sträckte de takförsedda läktarna ut sig runt den öde fotbollsplanen.

Det var mörkt, men Blake visste att gräset skulle vara i perfekt skick. Precis som han visste att stadion glänste av ny målarfärg och att sätena uppe på läktarna var oskadade och fläckfria.

Det här var Holton City Stadion, som byggts med hjälp av lotteripengar och bidrag från lokala företag. Den var helt ny och hemarena åt alla de lokala fotbollslagen, från Holton City som spelade i division två till ungdomslaget Holton City Colts som Blake tillhörde.

"Blake, rappa på för fan", viskade Dan.

Blake blinkade till och klättrade nedför grinden.

10

"Vad gör vi nu?" sa Dan.

Blake tänkte efter i några sekunder. Deras plan hade varit att ta sig in på stadion och undersöka den lite närmare. Ingen hade hunnit spela några matcher här ännu, och den skulle inte ens öppna för allmänheten förrän om ytterligare tio dagar. Öppningsmatchen skulle bli finalen i ungdomscupen, som var en turnering för alla ungdomslag i regionen.

"Planen", sa Blake. "Jag vill vara den förste som gör mål på den nya planen."

"Självklart." Dan skrattade till. "Förutom att det är *jag* som ska göra det första målet."

"Åh, jaså?"

De rusade båda två mot spärrarna och hävde sig över dem. En hund skällde långt borta.

Dan högg tag i Blakes arm. "Vad var det?"

11

"Bara en hund." Blake flinade. "Flera kilometer bort."

"Hm, men det är nog bäst att vi inte väsnas för mycket", viskade Dan. "Okej?"

De sprang uppför en trappa, fortsatte längs gången högst upp på läktaren och sedan vidare ner på planen. Gräset glänste i månskenet. Blake slet av sig väskan och plockade upp sin fotboll. Hans puls steg när han släppte ner den på planen och sparkade den mot det bortre målområdet.

Dan dök framåt i en klumpig tackling, men Blake drog snabbt bollen åt sidan och fintade bort honom. Han sparkade till bollen igen, hårdare den här gången, och kastade sig efter den när den flög över planen. Han ökade farten medan han sprang. Allt inom honom var fokuserat på bollen. Det var det här han älskade. Det var här han kände sig som mest levande. När det bara var han och bollen.

"Hallå, Blake! Vänta." Dans fötter dunkade mot planen när han jagade efter Blake.

Blake var säker på att han kunde springa ifrån Dan bort till målet. Dan var en bra försvarare, men Blake var den snabbaste sprintern i laget. Holton City Colts stjärnskytt. Om City Colts vann semifinalen på lördag skulle han få spela i finalen på den här planen om tio dagar.

Ljudet av en siren skar plötsligt genom tystnaden och Blake snodde runt. "Vad fan var det?"

Dan famlade i fickan på sina jeans och slet upp sin mobiltelefon. Sirenljudet hördes igen, ännu högre den här gången.

"Är det där din *ringsignal?*" undrade Blake.

Dan tryckte desperat på mobilen för att få tyst på den. Sirenljudet upphörde.

"Tjusigt, Dan." Blake gjorde en grimas.

"Jag tyckte du sa något om att inte väsnas för mycket?"

"Tror du att nån hörde?" Dan såg sig nervöst omkring.

Blake suckade. "Jag tror att det bara är vi här, så nej." Han tittade närmare på telefonen. "Är den där ny?"

"Ja, den har videoinspelningsfunktion, den bästa på marknaden för ..." Dan hejdade sig och blev röd i ansiktet. Han fick alltid en massa nya grejer. Han hade en egen laptop hemma och bar alltid de nyaste fotbollskläderna.

Blake hade tur om han fick ett par nya skor när han växte ur de gamla. Men det var inte hans mammas fel. Det berodde på att pappa aldrig skickade pengar till henne som han borde.

Dan sparkade iväg bollen över planen och rusade efter den.

14

"Hörru, passa", skrek Blake, irriterad över att han låtit Dan ta över spelet. "Passa till mig!"

Dan kom upp i straffområdet och sköt. Bollen seglade förbi Blake och rakt upp i krysset.

"Jaaaa!" Dans rop ekade runt stadion.

"Äsch!" suckade Blake. Han hade ingen lust att gratulera Dan, men han måste ändå medge att det var ett snyggt mål. "Bra skott", sa han. "Både kraft och precision. Det kanske till och med skulle imponera på Tränarn."

Dan flinade. "Nästan lika bra som det där målet du sköt mot Tigrarna förra veckan."

Blake ryckte på axlarna. Han blev alltid generad när folk pratade om hans gamla mål. Men Dan hade rätt, volleyn som han skjutit i en spelvändning i matchen mot Tigrarna hade varit rätt cool. Hans humör steg, och han sprang bort mot målet för att hämta bollen.

I samma ögonblick skällde en hund. Det lät överraskande nära.

Han vände sig om. Dan stod några meter bort med ett förskräckt uttryck i ansiktet.

Och där, bakom Dan, fick Blake syn på en stor vakthund som kommit in på planen. Den började springa rakt emot dem.

"Ta dem, Bullitt!" ropade en djup mansröst. "Se så, gubben. Ta de förbannade ligisterna!"

Blake drog häftigt efter andan. "Spring", skrek han. "Skynda dig!"

2. Mr Vilman

Blake hade snart nått kanten av fotbolls-
planen. Han hoppade över avspärrningen
upp till åskådarläktaren och rusade uppför
gången mellan sätena. Hans hjärta hamrade
hårt i bröstet. Hunden var alldeles bakom
honom nu, och han kunde höra hur de tunga
tassarna trummade mot betonggolvet. Blake
sprang ännu fortare uppför mittgången
tills han nådde den nivå där läktarens
tak hängde lågt över sätena. Han tog sats,
kastade sig upp och grep tag i takkanten.
Sedan hävde han sig upp och kravlade
vidare över det svagt sluttande taket, bort
till den del där det började plana ut.

Hunden hade försvunnit ur sikte, men
Blake kunde fortfarande höra hur den

stormskällde alldeles under taket där han
låg hopkrupen. Han såg en storvuxen man
i träningsoverall korsa planen på väg mot
läktaren. Det syntes inga spår efter Dan.
Mannen haltade, och han flåsade och svor
medan han sprang.

"Duktig pojke, Bullitt", ropade han. "Håll
kvar dem där uppe, du."

Blake tryckte sig platt mot taket. Han
kunde höra mannens fotsteg och sedan hans
förbryllade röst när han sa:

"Vart tog de vägen, gubben? Åt vilket håll
sprang de?"

Blake höll andan.

Det kändes som om det dröjde en evighet
innan hundens skall äntligen tystnade, men
det kunde knappast ha rört sig om mer än
en minut. Muttrande ledde mannen hunden
tillbaka över planen.

Blake ville inte ta risken att återvända

samma väg som han kommit. I stället kröp han vidare över taket tills han nådde den motsatta kortsidan. Dan syntes fortfarande inte till. Hade han haft tur och lyckats smita undan?

Det enda Blake behövde göra nu var att ta sig ner från taket och sedan hålla sig så nära väggen som möjligt tills han hittade en annan utgång eller grind att klättra över.

Avståndet till marken var större på den här sidan av taket. Blake drog ett djupt andetag och hoppade. Han landade med en lätt duns.

Perfekt. Där, bara några meter bort, fanns en grind.

"Det var en av vakthundarna", sa en mansröst alldeles i närheten. "Byt inte ämne, hörru."

"Okej." En annan mansröst. "Men jag *har* betalat."

Blake stelnade till. Rösterna kom från ett litet, öppet fönster. Han vred på huvudet för att kika in och kunde precis urskilja en av männens profil. Mörkt, bakåtslickat hår. Kragen på en finskuren kostym.

"Men hur blir det med resten av pengarna, mr Vilman?" sa den första, arga rösten.

Blake rös till. Han visste att han borde ge sig av, men något höll honom kvar. Han smög närmare fönstret för att få en bättre skymt av rummets insida.

Det var ett av omklädningsrummen. Den mörkhårige mannen – det måste vara mr Vilman – gick fram och tillbaka med händerna nedstoppade i byxfickorna.

"Jag kan ta pengarna ur stadions konto", sa han. "Som jag gjorde förra gången. Jag behöver bara lite mer tid."

"Visst." Den andre mannen fnös. Han var

kortare än mr Vilman och även han klädd i kostym. Ljuset från lysrören ovanför dem fick hans flint att glänsa. "Du har två veckor på dig, mr Vilman", sa han. "Större uppskov än så får du inte. Sedan vill jag ha mina pengar."

Mannen vände och gick ut ur rummet. Mr Vilman skakade på huvudet och svor lågt.

Blake backade försiktigt tillbaka från fönstret. Han höll sig i skuggorna intill väggen medan han smög bort mot grinden. Vem var den där mr Vilman? Och vad pratade han om? Ta pengar ur stadions konto? Det ... det lät som stöld.

Blake såg sig omkring. Grinden låg bara på andra sidan gången. Han hade precis passerat dörren till omklädningsrummen, och det hördes inte ett ljud därinifrån.

Han skulle just skynda över gången när hans mobiltelefon började ringa. Han hade helt glömt bort att den inte var avstängd.

Blake grävde i fickan på sina jeans och drog upp den. Det var Dan som ringde. Han tryckte febrilt på knapparna tills signalen tystnade. Och sedan hände flera saker på en gång.

Dörren till omklädningsrummen flög upp med en smäll och en strimma ljus föll ut över gången som låg mellan honom och grinden.

"Vem är där ute?" röt någon.

Blake snodde runt. Mr Vilman stod i dörröppningen. Hans ansikte var tunt och spänt och ögonen hårda och kyligt blå.

"Vem fan är ...?" började mr Vilman.

Blake tvärvände och sprang. Inom ett par sekunder var han framme vid grinden och kastade sig över den.

Mr Vilmans röst dånade bakom honom. "Jag ska nog hitta dig, din lille skit! Jag ska ta dig!"

22

Med bultande hjärta landade Blake på
andra sidan grinden och rusade vidare
genom mörkret. Han slutade inte springa
förrän tre gator låg mellan honom och
stadion. Först då slog han av lite på takten
och joggade den sista biten hem.

Han slank in genom ytterdörren, fortsatte
uppför trappan till sitt rum och slängde
sig ner på sängen. Mr Vilman hade stulit
pengar ur stadions kassa, och nu planerade
han att stjäla ännu mer. Och Blake hade
råkat höra honom prata om det.

Orden mr Vilman hade ropat efter honom
malde fortfarande i hans huvud. *Jag ska
nog hitta dig, din lille skit! Jag ska ta dig!*

Blakes puls började långsamt återvända
till en mer normal nivå. Det där var bara
snack. Hur skulle mr Vilman kunna hitta
honom? Han visste inte ens vem Blake var.

En känsla av lättnad sköljde över honom.
Han hade klarat det. Han hade kommit undan.

Han ringde till Dan, och de skämtade en stund om säkerhetsvakten och hunden. Dan hade tagit sig därifrån utan problem, och sedan hade han ringt till Blake. Det var det samtalet som hade ställt till det för Blake, men det sa han inte till Dan. Han berättade inte varför han inte hade svarat, eller vad han hade hört utanför omklädningsrummen. Han behövde få fundera på det själv först.

"Seriöst, vad coola vi är", sa Dan.

Blake skrattade.

"Du, jag måste sticka", fortsatte Dan, "min morsa ropar på mig. Men du kompis, synd att du blev av med bollen. Vi ses i morgon."

Samtalet bröts. Blake hade stelnat till där han satt på sängen. Bollen. Han hade glömt sin fotboll. Den låg fortfarande kvar på planen, inne i målet där den landat efter Dans skott.

Allt annat kändes plötsligt oviktigt. Det

var som om en kall hand hade sträckt sig in i honom och nu försökte klämma ut all luft ur hans lungor. Mr Vilman skulle hitta bollen. Och det betydde att han också skulle upptäcka det som Blake redan kunde se för sin inre syn. Den del av bollen där Blake hade textat sitt namn. Där det stod *Blake Johnson* med stora, svarta bokstäver.

3. Erbjudandet

Nästa dag var en torsdag, den sista tors-
dagen i månaden.

"Det kom inga pengar från din pappa den
här månaden heller", sa mamma, som stod
i dörröppningen till hans rum. Det lät som
om hon hade gråtit.

Blake drog täcket över huvudet. Han
hatade när mamma blev upprörd. Varför
fortsatte hon att tro att pappa skulle skicka
pengar? Han hade stuckit för länge sedan
och var fullt upptagen med sin nya familj.
Blake hade slutat räkna med honom, och så
skulle det förbli. Han och mamma klarade
sig själva.

Sängen knarrade till när mamma satte

sig på kanten. Madrassen sjönk ner på den sidan och Blakes ben gled mot fördjupningen. Han drog undan täcket från ansiktet och såg hur mamma försökte dölja att hennes underläpp darrade.

Blake kände sig hjälplös.

Hon tittade bort. "Förlåt, Blake, du har ju din stora match på lördag och jag vill inte oroa dig. Jag är bara så bekymrad ..." Hon svalde hårt och kämpade för att hålla tillbaka tårarna.

Blake hade haft så mycket annat att tänka på att han helt glömt bort ungdomscupens semifinal. Den var om bara två dagar, och han skulle spela. Blake kände en ilning av upphetsning och sedan ett stick av dåligt samvete när han såg minen i mammas ansikte.

"Vi klarar oss, mamma", sa han och satte sig upp i sängen för att ge henne en kram.

"Det är just det, Blake", sa hon. "Jag vet inte om vi gör det den här gången. Om jag inte kan få tag på trehundra pund riktigt snabbt kommer jag inte att kunna betala hela hyran den här gången heller. Och i så fall blir vi tvungna att flytta hem till mormor."

"Vad?" Blake rätade förfärat på sig. Hans mormor bodde flera mil bort. Hon var gammal och hennes hus luktade illa. Dessutom fanns det inte ett enda hyfsat fotbollslag i närheten, inte ens för småungar. "Aldrig i livet, mamma!" sa han. "Varför kan du inte bara låna det som fattas? Ta ett banklån eller nåt?"

Mamma såg på honom. "Jag kommer aldrig att skuldsätta mig igen, Blake. Jag har precis lyckats betala av skulderna som din pappa lämnade efter sig."

"Men ..."

"Nej, inte ett ord till om det", sa mamma bestämt.

28

* * *

Blake var illa till mods resten av dagen.
När han inte oroade sig över att tvingas
flytta till sin mormor oroade han sig för att
mr Vilman skulle lyckas spåra upp honom.
Två gånger fick han en utskällning av
lärarna. Dessutom glömde han att spotta ut
tuggummit efter rasten och lyckades bara
med nöd och näppe undvika att få kvar-
sittning för att ha tuggat tuggummi under
lektionstid. Men till slut var skoldagen över,
och han och Dan kunde fortsätta bort till
fotbollsträningen.

Som vanligt försvann all hans oro så fort
han kom ut på planen. Han kände sig fri när
han spelade. Bollen rörde sig dit han ville,
som han ville. De andra spelarna var för
långsamma för att kunna stoppa honom,
och han lyckades alltid skapa fria ytor
omkring sig.

Han gjorde två mål. Det andra var en

riktig stänkare – han stod alldeles utanför straffområdet och sköt en frispark med skruv som vred sig högt upp i nätet.

"Snyggt, Blake", grymtade Tränarn.

Blake log brett. För att komma från Tränarn var det starka lovord.

När han klev av planen mådde han bättre än han gjort på hela dagen. Och sedan kände han en hand på sin axel.

"Blake Johnson?"

Han vred på huvudet. Där, alldeles bakom honom, stod mr Vilman.

Han räckte över Blakes fotboll. "Säkerhets-vakten hittade den här. Jag antar att du glömde kvar den när du var ute på ditt lilla äventyr i går kväll."

Blake såg sig hastigt omkring. Resten av laget var redan på väg därifrån, ivriga att få ge sig av hemåt. Mr Vilman tryckte bollen hårt i Blakes händer. Hans blå ögon var kalla.

"Som du kanske vet är intrång ett brott", väste han.

"Vi förstörde ingenting", sa Blake. Trots att han var rädd stirrade han stint tillbaka på mr Vilman.

Mannen såg äldre ut nu än han gjort kvällen innan. Han hade små rynkor runt ögonen och stråk av grått i sitt bakåt-slickade hår.

Vilman tog ett steg närmare. "Jag vet att du hörde vad jag sa", fortsatte han.

"Vad då, det där om att stjäla ur stadions konto?" Blake studsade fotbollen mot marken. "Ja, det hörde jag."

"Jag behöver ..." Mr Vilman knöt nävarna. "Jag behöver få höra att du inte tänker berätta om det för någon."

Blakes bröst kändes plötsligt trångt. Det där lät som ett hot.

"Och vad händer om jag gör det i alla fall?" sa han och ansträngde sig för att inte darra på rösten. "Till Holston Citys ledare till exempel?"

"Jag kom inte hit för att göra dig illa, Blake." Mr Vilman log ett tunt leende. "Jag kom för att erbjuda dig pengar. Mycket pengar."

"Pengar?" Blake studsade bollen en gång till. "Vad då, för att jag inte ska tala om för folk att du är en tjuv?"

Mr Vilman högg tag i bollen. "Inte precis", sa han, och sedan log han igen. "Du får pengarna om du riggar matchen på lördag så att Holton Citys ungdomslag förlorar semifinalen."

4. Rigga matchen

Blake stirrade på mr Vilman. Menade han allvar? Blake skakade på huvudet och backade några steg.

"Är allt som det ska, Blake?" Tränarn kom fram till dem och spände blicken i mr Vilman. "Vem är det här?"

Mr Vilman sträckte fram en hand. "Martin Vilman, en vän till Blakes familj. Jag driver en lokal importfirma."

Blake öppnade munnen för att säga till Tränarn att det inte var sant. Men så stängde han den igen. Vad menade mr Vilman med att "rigga" matchen? Och vad menade han med "mycket pengar"?

Tränarn vred på huvudet och tittade på Blake.

"Allt är bra", sa Blake.

"Fint." Tränarn vände sig om och joggade av planen. "Glöm inte att komma i tid på lördag!" ropade han medan han satte sig i sin bil.

Blake såg efter Tränarn när han körde iväg. Han sneglade på några av sina lagkamrater som stod en bit bort och pratade med varandra medan de väntade på skjuts hem.

"Låt mig förklara", sa mr Vilman. "Jag ger dig trehundra pund här och nu om du går med på att sabba alla chanser du får att göra mål på lördag. Sedan trehundra till efter matchen. Okej?"

Blake rynkade på ögonbrynen. "Hur skulle det gå till?" sa han. "Jag är anfallsspelare. Om jag inte gör bra ifrån mig blir jag bara utbytt."

Vilman skrattade. "Jag har tagit reda på allt om dig, Blake. Du är Holton City Colts *stjärnavslutare*. Jag tror att de kan acceptera några dåliga skott innan de ens kommer på tanken att sätta dig på bänken."

"Men ..." Blake skakade på huvudet. "Jag fattar inte. Vad tjänar du på det här?"

"Tyvärr, det har du ingenting med att göra", muttrade Vilman.

"Jo, det har jag", sa Blake och korsade armarna över bröstet.

Mr Vilman tittade ut över fotbollsplanen. Solen hängde lågt över det bortre målet nu, och det skulle inte dröja länge förrän det började skymma.

Det blev en lång paus.

"Jag har skulder", sa mr Vilman. "Men om jag satsar pengar på att Holton City Colts förlorar semifinalen, och du ser till att det blir så – ja, då vinner jag stort. Holton är favoriter just nu, så oddsen är till min fördel. Satsar jag bara tillräckligt med pengar kommer jag att vinna tillräckligt för att kunna betala tillbaka alla mina skulder. Fattar du? Enkelt."

Blake stirrade på honom. Mr Vilman fick sin plan att låta så enkel, som om det var den mest normala sak i världen att göra något sådant. "Men ... men att rigga matchen så där ... det är ju fusk", sa han till slut.

Mr Vilman skrattade igen. "Jag föredrar att se det som ett sätt att ta kontroll över situationen. Det betyder att jag åtminstone inte behöver plocka ut mer pengar ur stadions konton."

Blakes tankar rusade. Trehundra pund var precis den summa mamma behövde till hyran. Det här skulle kunna vara hans chans att hjälpa henne, att se till att de fick stanna kvar i Holton. Det här var kanske ödet, det kanske var *meningen*. Men ...

"Det är fel", sa Blake tvärt och vände sig bort.

"Nej." Vilman grep tag i hans arm. "Det är rätt. På det här viset vinner alla. Jag får mina pengar. Du får dina pengar. Och Holton City Colts kan säga att de tog sig hela vägen till semifinalen. Dessutom kommer det en ny turnering nästa år."

Blake stirrade på mannen.

"Trehundra nu. Trehundra efter matchen", sa mr Vilman.

Trehundra pund till efteråt betydde att mamma inte skulle behöva oroa sig för nästa månads hyra heller.

"Nej. Det är fel. Det är fusk", sa Blake.

"Okej." Mr Vilman släppte hans arm. "Vad sägs om att spela om saken? En straffspark. Jag står i mål. Om du sätter bollen kan du gå härifrån och avslöja för vem du vill vad jag sa om att ta pengar ur stadions kassa.

Jag kommer att förneka det förstås, och innan de lyckas bevisa något kommer jag att vara långt borta. Ingen vinner. Men om du missar eller om jag räddar går du med på att rigga matchen på lördag. Du tjänar sexhundra pund. Alla vinner. Okej?"

Blake skiftade vikten från fot till fot. Vad skulle han göra? "Spelar du ens fotboll?" frågade han till slut.

"Förr, ja." Mr Vilmans ögon glimtade till. "Jag var en rätt hyfsad mittfältare en gång i tiden. Men inte i din klass, förstås."

Blake rynkade pannan, säker på att han skulle klara straffsparken. Mr Vilman var rätt gammal, säkert över fyrtio. Och under de två senaste säsongerna hade Blake aldrig missat en straffspark.

"Så om jag sätter bollen i nätet får jag gå, och jag kan säga vad jag vill?" sa Blake.

Vilman nickade. Han backade undan,

fortfarande med ett fast grepp om Blakes fotboll. "Men om du missar", sa han, "tjänar du trehundra pund på ett bräde." Han vände sig om och joggade bort mot målet.

Blake promenerade fram till straffpunkten. Det här var kanske det bästa sättet, trots allt. Att bara låta slumpen avgöra.

Mr Vilman tog av sig sin dyra, svarta kavaj, vek prydligt ihop den och lade den bredvid målburen. Sedan sparkade han bollen till Blake.

Blake stoppade den med tåspetsen. Han tog ett steg bakåt. Mr Vilman strök tillbaka håret.

Blake stirrade på bollen. Vart i målet skulle han skjuta? Han visste precis hur man gjorde för att dölja sina avsikter med bollen.

"Trehundra pund, Blake. Här och nu", ropade mr Vilman. "Ta god tid på dig."

Blake drog djupt efter andan. Nu gällde det. Han skulle kunna sätta bollen högt i ena hörnet, precis som han hade gjort massor av gånger förut. Och sedan skulle han bara kunna vända och gå härifrån. Allt skulle återgå till det normala, som det hade varit innan han och Dan brutit sig in på stadion.

Eller så kunde han missa. Skicka bollen långt över målet.

Han samlade sig och tog sats inför de få stegen fram till bollen.

Missa. Gör mål. Missa. Gör mål.

Han kastade sig framåt med ögonen på målburen.

Missa. Gör mål. Missa. Gör mål.

Hans fot träffade bollen. Riktigt illa. En tåfjutt. Rätt riktning men utan kraft. Bollen rullade mot mitten av målet och mr Vilman fångade upp den utan problem.

"Bra gjort, grabben", sa han. "Det var rätt beslut."

"Jag ville inte ..." Men Blake kunde inte avsluta meningen, för det var inte sant. Han hade velat missa.

Han ville ha mr Vilmans pengar.

5. Semifinal

Det var lördag. Semifinal. Blakes mage
var i uppror när han gick in på planen för
att värma upp. Han fick genast syn på sin
mamma, som satt i sektionen till vänster
om Holton City Colts mål. Hon hade en röd
scarf om halsen och vinkade till honom med
ett brett leende.

Blakes mod sjönk. Allt hade känts så fel
sedan han tagit emot mr Vilmans pengar.
Han kunde inte sätta fingret på det, men
inget kändes längre som det skulle. Som
mamma till exempel. När han gett henne de
trehundra punden hade hon sett ut som om
hon skulle svimma av chock.

"Men hur fick du tag på så här mycket

pengar, raring? Var kommer de ifrån?"
frågade hon gång på gång.

Blake hade dragit en historia om hur
han vunnit pengarna i en påhittad fotbolls-
match. Och mamma hade trott på honom.
Hon hade svalt hans lögn med hull och hår.

"Hörru, Blake – vakna!" ropade Dan från
straffområdet.

Blake ryckte till. "Vad då?" skrek han.

"Passa bollen, din idiot!"

"Ja, kom igen", ropade någon annan.

Blake tittade ner. Bollen låg vid hans
fötter. Dan och de andra två försvararna
stirrade på honom.

"Sorry", ropade han och sparkade över
bollen till dem innan han sprang bort till
planens mitt, där en annan boll var i spel.
Lagkaptenen och en grupp mittfältare höll
redan på att värma upp.

Blake anslöt sig till dem, men han kunde fortfarande inte skaka av sig känslan av att något var fel. Anläggningen de spelade på var mycket mindre än den nya stadion. Bara ett fåtal rader med sittplatser på båda sidor om planen. De flesta som kommit för att titta stod upp. En ordentlig klunga, men ändå inte mer än högst hundra personer. Blake tänkte på den nybyggda stadion som rymde tio tusen sittplatser.

Han insåg med ett litet stick i hjärtat att om han förlorade semifinalen skulle han inte få spela finalen på den stora stadion trots allt.

Blake tittade sig omkring igen. Han såg inte skymten av mr Vilman.

Domaren blåste i visselpipan och lagen intog sina positioner, redo att börja.

Blakes markerande spelare var mot-ståndarlagets mittback. Han var inte längre än Blake men större och tyngre, och han

44

rörde sig med en överraskande snabbhet.
Blake nådde bollen. Mittbacken tacklade
honom och Blake fylldes av ny energi.
När han hoppade över försvararens ben
skrapade broddarna på hans skor över
killens vad.

Han fick tag i bollen och drev den framför
sig. *Svisch*. En fot krokade runt hans vrist
och ryckte hans ben bakåt. Marken flög
emot honom och i nästa ögonblick låg han i
gräset och kippade efter andan. Försvararen
som hade satt krokben för honom ställde sig
över honom och sträckte fram handen.

"Gick det bra, kompis?" flinade han.

Svin. Blake kom på fötter med pulsen hårt
dunkande i tinningen. Han knuffade till
killen i bröstet just som domaren blåste i
sin visselpipa. Försvararen kastade sig mot
Blake, som snabbt hoppade utom räckhåll.

Domaren sprang fram till dem med andan
i halsen. För en kort sekund trodde Blake att

han skulle bli utvisad, men domaren ville bara varna dem.

"Passa er, ni två." Domaren vände sig från Blake till mittbacken. "Jag kommer att hålla ögonen på er. Se till att ni spelar schyst."

Blake nickade och skakade försvararens hand.

Medan han joggade iväg tryckte han tillbaka en plötsligt uppflammande känsla av panik. Matchen hade knappt hunnit börja och han hade nästan lyckats bli utvisad. Vad skulle mr Vilman tycka om det?

Han skulle garanterat kräva tillbaka de trehundra punden, och det var antagligen bara början.

Med en rysning insåg Blake att han verkligen måste spela dåligt. Han fick inte svika mamma.

Under resten av halvleken var det enkelt att sjabbla bort alla sina chanser.

Motståndarlaget var bra. Mittbacken han nästan hamnat i slagsmål med markerade honom så skickligt att Blake knappt fick röra bollen. Och när ett par hyfsade passningar ändå nådde honom misslyckades han med skotten.

Mot slutet av första halvlek gjorde båda lagen mål. När halvtidssignalen kom gick Blake långsamt av planen. Hade någon märkt att han maskade?

Det dröjde inte länge förrän han fick reda på det.

"... en samling halvsovande slöfockar", skrek Tränarn åt dem i omklädnings-rummet. "Ingen skapar några chanser! Försvaret verkar tro att de är på nån sorts jäkla tebjudning. Och du ..." Tränarn vände sig hotfullt mot Blake. "Du har haft två toppchanser och lyckades sjabbla bort dem båda två."

Blake såg ner på sina skor. "Förlåt."

"Ursäkter duger inte!" röt Tränarn. "Se så, iväg med er nu och se till att kämpa för seger!"

Blake försökte få det att se ut som om han jobbade hårt under den andra halvleken. Han sprang en hel del och vann bollen några gånger, men därefter drog han ner på tempot. Ställningen förblev 1–1 under nästan hela andra halvlek. Sedan, mot slutet, vann Blake en hörna åt sitt lag.

Lagkaptenen slog hörnan – ett perfekt skruvat skott rakt in i straffområdet – och bollen landade framför Blakes fötter. Han såg upp. Målet var bara ett par meter bort. När motståndarlagets målvakt rusade emot honom glömde Blake helt bort att tänka. Hans fötter verkade röra sig av sig själva. På ett ögonblick hade han fintat bort målvakten och satt bollen i mål.

Jaaaa!

Hans lagkamrater svärmade runt honom,

kramade honom och dunkade honom i ryggen. Det enda han hörde var deras höga glädjerop. Blake log från öra till öra. Han hade gjort vinnarmålet. Han kastade upp en knuten näve i luften och sprang tillbaka över planen.

En lång rad av Holton City Colts supportrar jublade.

"Vi är i final", ropade en av dem. "Vi kommer att vinna cupen!"

Det var då Blake fick syn på mr Vilman, som stod längst bort i raden. Han stirrade på Blake med en smal blick, och hans armar låg i kors över bröstet.

Han såg inte glad ut.

6. Hjälte

Blake var en hjälte.

Han tappade räkningen på hur många som kom fram till honom efter lördagens semifinal för att dunka honom i ryggen och tala om för honom vilket fantastiskt mål han hade gjort.

Men allt Blake kunde tänka på var mr Vilmans arga ansikte och hur hans röst hade låtit den där första gången de träffats. *Jag ska nog hitta dig. Jag ska ta dig.*

Han hade trott att mr Vilman skulle komma fram till honom efter matchen, men av någon anledning hade han inte gjort det. Blake stannade inne på lördagskvällen

och hela söndagen. Han höll utkik efter
mr Vilman på väg till skolan på måndag
morgon och sedan när han gav sig av
till fotbollsträningen samma kväll. Men
ingenting hände.

Det var först på väg hem från fotbolls-
träningen som Blake började tänka att han
kanske hade kommit undan med det. Kanske
hade mr Vilman bestämt sig för att låta
honom vara i fred trots allt.

"Du, Blake, såg du Tränarns ansikte när
jag glidtacklade Fred Smith?" Dan kastade
sig några steg framåt på trottoaren och
snodde sedan runt med ett ben utslängt åt
sidan för att visa hur han hade gjort.

"Visst", log Blake brett. Han var inte säker
på att Tränarn hade blivit så imponerad
som Dan verkade tro, men han ville inte
säga något som kunde förstöra Dans goda
humör.

"I morgon efter träningen ska vi träffas i

parken allihop." Dan stannade vid infarten till sin gata. "De där tjejerna från Freds party kommer att vara där. Intresserad?"

"Visst."

Blake såg Dan skynda iväg och tog sedan åt vänster i nästa korsning, in på sin egen gata. Han kände sig på gott humör när han fortsatte längs trottoaren, helt förlorad i tankar. *Vad har mamma lagat till middag? Skulle den fasta situationen som Tränarn visat dem i dag verkligen fungera? Den där tjejen från Freds party, hon med de långa benen och glada ögonen, skulle hon vara i parken i morgon?*

Han låste upp ytterdörren och klev in.

"Hallå, mamma!"

"Hej, Blake", ropade hon tillbaka. "Vi är i vardagsrummet."

Blake suckade. Vilka "vi"? Antagligen några av mammas vänner. Han hoppades

att de inte skulle stanna länge. Han var
utsvulten.

"Kom och se vem det är, Blake", sa
mamma. Hon lät förtjust.

Med ännu en suck släppte Blake ner sin
fotbollsbag på golvet och öppnade dörren
till vardagsrummet.

Han tappade hakan. Där i soffan satt mr
Vilman med en kopp te i handen.

Vilman log, och mamma reste sig upp.
Hon strålade mot Blake.

"Det här är mr Vilman. Han är en av
Holton City Colts ledare, och han har just
berättat för mig hur högt han värderar din
förmåga att göra mål", sa mamma. "Han
tycker att du är en äkta talang."

Blake stirrade på mr Vilman. Vad var det
som pågick?

"Hej, Blake." Mannen mötte hans blick

med ett nytt leende. "Jag hade vägarna förbi och ville bara titta in och tala med din mamma en stund. Jag ville berätta att nu när jag har hittat dig kommer jag absolut att hålla ögonen på dig framöver."

"Okej." Blakes puls steg.

Mammas ögon glittrade. "Åh, mr Vilman, det här är så hemskt snällt av er", sa hon.

"Jag försöker göra vad jag kan för att hjälpa lokala talanger", sa mr Vilman och lutade sig tillbaka i soffan. "Man vet ju aldrig", fortsatte han och spände blicken i Blake, "var folk hamnar i slutändan."

"Vill ni ha lite mer te?" Mamma var redan på väg mot dörren.

"Ja, tack", sa mr Vilman. Hans kalla, blå ögon vek inte från Blakes.

Blake stod kvar, som rotad på sin plats, medan mamma gick för att göra i ordning mer te.

”Jag ... öh...”, började Blake.

”Lägg av, grabben.” Leendet försvann tvärt från mr Vilmans ansikte. Han reste sig upp och stängde dörren. ”Vad fan trodde du att du sysslade med när du gjorde det där målet? Jag trodde att vi hade en överenskommelse.”

”Jag tänkte inte ... jag ... öh ...” Blakes hjärta slog hårt i bröstet. ”Jag kan betala tillbaka. Jag ...”

”Snacka inte skit”, fräste mr Vilman. ”Din mamma har redan berättat hur du hjälpte henne med hyran den här månaden. Hm, synd och skam ...” Han gjorde en kort paus. ”Hon verkar vara en fin kvinna.”

”Vad menar du med det?” Blake hade svårt att tro att det här verkligen hände på riktigt. Han hade trott att Vilman kanske skulle söka upp honom utomhus någonstans, på en illa upplyst gata eller i en tom gränd. Men inte här i hans eget hem, med hans mamma i rummet bredvid.

"Jag menar", sa mr Vilman med ett otrevligt uttryck i ögonen, "att eftersom du inte kan betala tillbaka det du är skyldig har du två val. Lyssna noga nu. Ett: Du spelar dåligt i finalen nästa vecka. Om du ser till att ditt lag förlorar vinner jag tillbaka pengarna jag blev av med under semifinalen och kan betala ..."

"Aldrig i livet!" Orden flög ur Blake. "Jag kan inte ..."

"Vänta", avbröt mr Vilman. "Du har inte hört ditt andra alternativ än. Som jag sa, din mamma verkar vara en fin kvinna ..."

Blake stelnade till. "Va?"

Vilman suckade. "Ja, det vore väl synd om det skulle råka hända henne något, eller hur?"

Blake stirrade på honom. Menade Vilman att han skulle skada hans mamma om Blake spelade bra och hans lag vann?

"Jag vill bara att du ska förstå hur viktigt det här är, Blake." Mr Vilman dämpade rösten till en viskning. "Eftersom det är du som är mannen i det här huset är det ditt jobb att se till att din mamma inte blir illa behandlad – av någon. Eller hur?"

Vilman vände och gick ut i hallen. Blake kunde höra hur han sa till mamma att han tyvärr inte skulle hinna med en andra kopp te i alla fall, och han hörde hur mamma svarade med ett artigt beklagande tonfall. Blake lade ansiktet i händerna.

Mamma var i fara, och det var hans fel.

Vad fan skulle han göra nu?

7. Precis som han

Blake spelade så dåligt på träningen nästa dag att Tränarn hotade att bänka honom under lördagens final.

Först blev Blake nöjd när han hörde det. Kunde han inte spela skulle han ju inte kunna förlora matchen heller. Men när han tänkt efter en stund insåg han att mr Vilman lika lite skulle acceptera det som att Blake spelade för att vinna. Och det betydde att mamma fortfarande skulle vara i fara. Fast den här gången skulle han inte ens få betalt för det.

Efter träningen gick Blake till parken med sina kompisar. Enda sättet att se till att ingenting hände hans mamma var att förlora matchen för sitt lag – med vilje. Då skulle han åtminstone få de sista trehundra punden. Och kanske skulle mamma inte behöva alltihop. Kanske kunde han använda en del av pengarna på grejer till sina lagkamrater. Även om han inte talade om varför han gjorde det skulle det kunna vara ett sätt att gottgöra dem för den förlorade matchen.

De kom fram till parken. "Du, Blake – kolla!" ropade Dan och pekade. Blake tittade distraherat upp.

På andra sidan lekplatsen fanns en fritidsgård, och bortanför den låg ett förfallet gammalt skjul.

Ingen Blake kände brukade gå till fritidsgården. Men han och hans vänner möttes ofta vid skjulet och i den lilla dungen strax intill. Just nu stod en stor klunga ungdomar utanför skjulet. Flera av dem var tjejer, och Dan skrattade till.

"Inte så illa, va?" sa han.

Blake gick dit tillsammans med de andra. Tjejen han gillade från Freds party var inte där. Hans typiska otur. Han försökte prata med några andra men kunde inte riktigt slappna av.

Till slut drog han sig undan in bland träden. Vinden hade mojnat, och ljudet av prat och skratt bortifrån skjulet färdades långt i den klara kvällsluften. Blake lutade sig mot ett träd och lyssnade till brott-stycken av andras samtal. Killar som pratade om en gammal fotbollsmatch. Tjejer som fnissade åt något som någon hade på sig.

De här personerna hade absolut ingenting att oroa sig för. Blake hade aldrig känt sig så ensam i hela sitt liv. Han vände sig om och gick längre in bland träden. Ljudet av röster dämpades till ett lågt mummel.

Det rasslade till i buskarna bakom honom och han snodde hastigt runt, plötsligt på helspänn. Det stod någon i skuggorna. Var det mr Vilman?

Personen kom närmare, och snart såg Blake vem det var. Dan.

"Dan, din tönt", sa han. "Smyg dig inte på folk så där."

"Vad är det med dig egentligen?"

"Vad då?"

"Med dig. Du har varit så dyster och tråkig på sista tiden", sa Dan. "Vad är det som har hänt?"

Blake ryckte på axlarna. "Inget."

"Kom igen, Blake." Dan himlade med ögonen. "Du har varit konstig ända sedan semifinalen." Han hejdade sig tvärt. "Nej, förresten ... nej, vänta, det har hållit på längre än så. Du har varit konstig ända sedan ... sedan vi smet in på den nya stadion."

Blake vände sig bort så att Dan inte skulle kunna se hans ansikte.

”Var det nåt som hände där?” undrade Dan.

Blake stirrade ner i marken. Luften var alldeles stilla och Dans ord liksom hängde mellan dem i tystnaden.

”Nähä”, sa Dan. ”Skit i det då.”

Blake kunde höra hur Dan vände och började gå därifrån.

”Vänta”, utbrast Blake. ”Vänta lite ...”

Det tog honom bara några minuter att berätta för Dan om allt som hade hänt de senaste dagarna.

”Så fattar du?” avslutade Blake. ”Jag har inget annat val, jag måste spela dåligt i finalen.”

Det blev tyst en lång stund, och sedan tittade Dan upp. ”Nej, det fattar jag inte alls.”

"Vad?"

"Helt otroligt att du kunde ta emot pengar för att spela dåligt", sa Dan.

En våg av ilska vällde upp inom Blake. "Det är jävligt lätt för dig att säga", fräste han, "du som inte behöver hjälpa din mamma med hyran." Han pekade på Dans telefon som stack upp ur hans skjortficka. "Det enda du behöver oroa dig för är vilken jäkla ringsignal du ska ladda ner nästa gång."

"Det där är inte rättvist", fräste Dan tillbaka. "Allt jag säger är att du gjorde fel när du tog emot mutan. Men du gjorde rätt senare – när du sköt det där målet i semifinalen. Nu behöver du bara göra samma sak i finalen, och ..."

"Har du inte hört ett enda ord jag har sagt?" Blakes röst darrade av ilska. "Om jag gör det kommer han att skada min mamma. Och pappa är inte här och kan hjälpa oss."

"Skitsnack. Den där Vilman, vem han än är, säger bara så för att du ska göra som han vill."

"Inte en chans", sa Blake. "Du har aldrig träffat honom så du har ingen aning. Jag önskar att jag inte hade sagt nåt till dig – jag borde ha fattat att du inte skulle förstå."

"Jaså?" Dan tog ett steg bort från honom. "Så det är mitt fel nu, va? Det är så typiskt dig. Skyll på alla andra. Skyll på att du inte har pengar, skyll på stora, farliga Vilman. Men det var du som tog emot mutan. Det hade du inte behövt göra, ingen hade sagt något om att skada din mamma då."

"Dra åt helvete!" fräste Blake. "Du fattar ju ingenting, Dan. Jag försökte hjälpa henne. Och allt det här är pappas fel. Om han bara hade skickat pengar till henne som han borde skulle ingenting av ..."

"Du är precis som han, eller hur?" sa Dan. "Din pappa, menar jag."

Blake gapade. Vad fan pratade Dan om?

"Just det, du tjatar och tjatar om vilket svin han är, men om man tänker efter är du precis likadan."

"Vad?"

"För feg för att våga erkänna dina misstag." Dan tog ytterligare ett steg bort. "Du skyller hellre på andra än tar itu med själva problemet."

"Och hur ska jag göra det, menar du?" undrade Blake.

"Skit i Vilman och spela för att vinna i finalen. Det är det enda rätta."

Dan vände och gick.

Blake stirrade efter honom tills han hade försvunnit utom synhåll bland träden. Dan fattade inte. Mr Vilman skulle skada mamma om Blake inte spelade för förlust. Blake var säker på det.

Han sjönk ner på marken. Den var fuktig och kall men Blake brydde sig inte om det. Först oroade han sig för att Dan kanske skulle berätta för Tränarn eller någon annan om mutan. Därefter, medan minuterna gick, kunde Blake inte sluta tänka på vad Dan hade sagt om att han var precis som sin pappa. Dan tyckte att han var feg och skyllde sina misstag på andra.

Var det sant? Nej. Dan fattade helt enkelt inte.

Blake kände sig usel. Han satt kvar på marken under trädet tills det blev ordentligt sent och de avlägsna rösterna hade tystnat. Först när det började regna reste han sig långsamt upp och återvände hem.

8. Final

Dan ignorerade Blake de följande dagarna. Blake kunde inte sluta oroa sig för att kompisen skulle berätta för Tränarn vad Blake hade avslöjat för honom. Han visste hur viktigt det var för Dan att vinna finalen. Men Dan sa ingenting, och det var först samma morgon som de skulle spela final- matchen som Blake fick reda på varför.

Dan kom fram till honom när resten av laget höll på att samlas ute på tränings- planen, redo att åka tvärs över stan till den nya stadion.

"Hur är det?" sa han.

Blake ryckte på axlarna. "Jaha, så nu pratar du med mig helt plötsligt?"

"Jag tänkte bara ge dig några dagar
att, ja … fundera på saken", sa Dan. "Jag
gick nästan till Tränarn först, men om jag
skvallrar blir du avstängd från laget. Och vi
behöver dig. Du är den bäste anfallsspelare
vi har haft på flera år. Dessutom vill du
vinna finalen. Eller hur, Blake? Du vill väl
vinna?"

Blake stirrade på honom. Och i just det
ögonblicket insåg han att Dan aldrig skulle
förstå vad han gick igenom. Dan hade ett
tjusigt hem och en flashig ny mobiltelefon
med videoinspelningsfunktion. Han hade
råd att se världen i svartvitt. Men Blake
visste att livet inte var så enkelt. Han visste
att man ibland måste göra sådant som
man helst skulle vilja slippa, bara för att
samtidigt kunna göra det som var viktigare.

Han måste spela matchen, och han måste
se till att hans lag förlorade, trots att
han hatade det. Att skydda mamma var
viktigare.

"Självklart vill jag att City Colts ska vinna, din idiot", sa Blake. *Jag kan bara inte låta det hända*, tänkte han dystert för sig själv.

Dan log brett. "Det visste jag väl!"

* * *

När de körde in på parkeringen utanför stadion och bussen stannade kände sig Blake lugnare än han gjort på flera veckor. Nu visste han åtminstone vad han skulle göra. På väg in genom stadions grindar fick han syn på mr Vilman, som stod en bit bort och betraktade honom.

Blake kontrollerade att Dan inte tittade åt hans håll innan han gav mr Vilman tummen upp. Mannen nickade.

Stadion var ännu mer imponerande i dagsljus än den varit den kväll då Dan och Blake hade brutit sig in. De var tidiga, så Tränarn passade på att visa dem runt

överallt. Varenda liten yta glänste av ny
målarfärg. Bakom de övertäckta läktarna
fanns flera stora VIP-utrymmen. Det fanns
till och med ett bås för speakern utrustat
med ett toppmodernt ljudsystem. En trappa
ner låg dusch- och omklädningsrum som
såg helt fantastiska ut. Allt var så mycket
flottare än Blake var van vid.

"Du, Blake." Dan stannade till bredvid
honom. "Vi fick just höra att det kommer
att sitta en talangscout i publiken. Tränarn
säger att han letar efter killar i vår ålder
till de större lagen."

Blake hann inte svara förrän Tränarn
ropade på honom.

"Dåliga nyheter, grabben. Jag har väntat
med det här beslutet till sista minuten, men
jag kommer att låta dig sitta på bänken i
första halvlek."

"Va?" Blake trodde inte sina öron. "Varför
då? Vem spelar i stället?"

"Jag sätter Fred Smith på högerkanten. Han har spelat lysande hela veckan, och du – ja, ärligt talat har du varit ur form ända sedan dagarna före semifinalen."

"Men ..."

"Inga men, Blake. Du vet att det här kommer att bli en tuff match. Du är bra, inget snack om den saken, men jag behöver spelare som är i toppform på varje position. Du får hoppa in efter halvtidsvilan."

Det tog Blake nästan en hel timme att komma över chocken. Han oroade sig inte ens för mr Vilman. Han var så upprörd över att inte få vara med och öppna matchen att han glömde bort honom totalt.

Matchen startade med Blake på bänken. Medan han såg Dan och Fred och de andra spela kunde han inte sluta tänka på att han själv måste spela dåligt, trots att alla i laget ville vinna och allt inuti Blake också skrek efter en vinst.

71

Gud, varför måste det här vara så svårt?

Mr Vilman kom fram till honom ungefär tjugo minuter in i matchen, och då var ställningen fortfarande 0–0.

"Varför sitter du på bänken?" viskade han.

Blake ryckte på axlarna. "De ger en annan anfallsspelare chansen. Men Tränarn säger att jag ska få spela andra halvlek."

Vilman svor dämpat. "Då får du se till att det blir så."

Tjugo minuter till passerade. Tränarn, som hade stått och vrålat ut order från sidlinjen, kom fram till Blake. "Kila ner i omklädningsrummet åt mig, är du hygglig. Jag glömde mitt skrivbräde borta vid skåpen."

Blake skyndade nedför trapporna. Den första halvleken hade varit rätt tråkig – ingendera sidan hade spelat särskilt

offensivt – men han ville ändå inte missa
något. Han hittade skrivbrädet på en
gång, men när han vände sig om för att gå
tillbaka snubblade han över Dans ryggsäck.

Irriterat lyfte Blake undan väskan. I
samma ögonblick föll Dans nya mobiltelefon
ut ur fickan på ryggsäckens framsida.

Dan kunde vara en sådan idiot ibland.
Fattade han inte hur korkat det var att
lämna mobilen vind för våg på det här
viset?

Plötsligt hördes fotsteg alldeles utanför
omklädningsrummets dörr.

"... men jag åker i fängelse om det här
kommer ut." Det var mr Vilmans röst.

Blake stelnade till.

"Det här är din sista chans att betala
tillbaka. Du har till klockan sex i kväll på
dig." Det var den okände mannen som Blake
hade råkat höra den där första kvällen.

"Inga problem", sa mr Vilman. Han lät lättad.

"Hur ska du få tag på pengarna egentligen?" frågade den andra rösten.

Mr Vilman muttrade något som Blake inte uppfattade, och sedan sa han: "Okej, jag ska förklara."

Blake skiftade ljudlöst över vikten från ena foten till den andra och sedan tillbaka igen. Han måste ta sig ut härifrån och återvända till Tränarn utan att bli upptäckt. Han måste göra sig redo för att spela om en liten stund.

Spela dåligt.

Hans mod sjönk. Han önskade att det fanns en annan utväg. Dans mobil låg fortfarande kvar på golvet, och Blake böjde sig ner för att plocka upp den.

"Det är så här ...", sa mr Vilman på andra sidan dörren.

Blakes fingrar slöt sig hårt om mobilen.

Naturligtvis. Det fanns en annan utväg.

Och den låg i hans hand.

9. Båset

Så fort visselpipan blåste av för halvtidsvila störtade Blake ut på planen. Han kraschade rakt in i Dan.

"Akta mina ben, för fan", sa Dan vresigt.

"Du, häng med." Blake högg tag i Dans arm. "Jag har kommit på vad jag ska göra."

"Göra med vad då?" sa Dan och vred sig loss ur hans grepp. De andra spelarna strömmade förbi dem på väg mot tunnlarna som ledde till omklädningsrummen. "Sluta, kompis. Jag kan inte gå någonstans och det kan inte du heller. Tränarn blir galen om vi inte sticker raka vägen till omklädnings-rummet."

"Hallå, Blake." Tränarn stegade fram med ett bistert uttryck i ansiktet. "Var fan har du hållit hus?" Han tog skrivbrädet ur Blakes hand. "Med den här takten kunde jag lika gärna ha hämtat det själv. Och lägg på en rem, ni två. Blake, du ska ut på plan omedelbart efter halvtidsvilan."

"Ska bara pissa först", sa Blake.

Tränarn grymtade till, vände och gick. Dan började följa efter, men Blake högg tag i hans arm igen.

"Jag behöver din hjälp, Dan", sa han.

Dans ögon smalnade. "Du är inte lite fräck du. Räckte det inte att jag talade om för dig vilken idiot du var som tog emot Vilmans pengar? Nu ska du ha min hjälp också?"

"Ja", sa Blake. "Och du hade rätt hela tiden. Det är därför jag behöver din hjälp. Jag har kommit på hur jag ska lösa alla problem i ett enda svep – bli av med Vilman och spela för att vinna i finalen – men vi har ont om tid. Följ med!"

"Vart då?" Dan lät Blake dra honom med sig några steg innan han började streta emot igen.

Blake förstod att han skulle bli tvungen att beskriva sin plan. Och medan han gjorde det stirrade Dan på honom med stora ögon.

"Du är inte klok", sa Dan, men han lät faktiskt lite imponerad.

Blake hejdade sig. Kanske hade Dan rätt. "Tror du att det kan funka?" frågade han.

Dan lyste upp i ett stort leende. "Det finns bara ett sätt att ta reda på det."

De sprang över planen, upp på läktaren och sedan vidare uppför trapporna till speakerbåset längst in under taket.

Blake hejdade sig för att hämta andan en

stund. Ljudet skrällde i högtalarna ovanför
båset när speakern läste upp meddelanden
om borttappade barn och illa parkerade
bilar. Det fanns ett litet fönster bredvid
båsets dörr, och genom det kunde de se
speakern som satt därinne. Han hade knall-
rött hår och var klädd i en läderjacka.

Blake mötte Dans blick. "Då kör vi." Han
tryckte ner handtaget. Jäklar. Dörren var
låst. Han bankade på den.

Speakern verkade först inte höra honom,
men efter en stund slutade han prata och
tittade sig omkring. Han fick ett överraskat
uttryck i ansiktet när han upptäckte att
Blake stod och hamrade på dörren. Sedan
drog han tvärt med fingret över halsen i en
signal till Blake att vara tyst.

Blake bankade hårdare.

Speakern lade ifrån sig papperet han
höll i och tryckte på några knappar på
instrumentpanelen framför sig. Sedan

ställde han sig upp och gick fram till dörren.

Blake slutade hamra när dörren öppnades. Speakern rynkade på ögonbrynen.

"Vad i helvete ..."

"Det är din ... din bil", stammade Blake. "En snubbe skickade hit mig för att berätta att några ungar håller på och sprejar den med färg här utanför."

"Vad?" Speakerns ögon vidgades. "Har någon ringt polisen?"

Blake sneglade på Dan, som ryckte på axlarna.

"Ingen aning."

Speakern rusade iväg. Blake och Dan smet in i båset och stängde dörren bakom sig. Plötsligt var allt bakgrundsljud borta.

"Jösses, den är ljudisolerad", sa Dan.

"Lås dörren." Blake gick fram till ljudsystemet i ena hörnet. Båset var inte stort, bara några kvadratmeter, och längst in fanns ett bord och en stol. Ljudsystemet, som stod på bordet, såg väldigt komplicerat ut. Det bestod av en enorm instrumentpanel med knappar och spakar. Framför bordet fanns ett fönster med utsikt över planen, och Blake stirrade ut på den fantastiska vyn ett ögonblick innan han sjönk ner framför panelen. Jösses! Vad hade alla de här knapparna för funktioner?

Dan vred om dörrens två lås innan han kom och ställde sig bredvid Blake.

"Kör", sa han. "Andra halvlek startar om tio minuter, och om vi inte är på planen då kommer inget av det här att ha varit värt det."

"Jag vet", stönade Blake. "Men kolla på alla de här knapparna och ... grejerna. Jag har ingen aning om vilken vi ska använda."

Dan sträckte sig fram och tryckte på

en stor knapp. Han lutade sig närmare mikrofonen på bordet. "Hallå? Hallå?"

"Hur vet vi om det funkar?" sa Blake.

"Borde det inte tändas en lampa eller nåt?" undrade Dan.

"Jag vet inte." Blake gjorde en paus. "Du, gå ut och vinka genom rutan om du kan höra mig."

Det kändes som slöseri med dyrbara sekunder att låsa upp och sedan låsa dörren igen, men till slut stod Dan utanför båset och Blake kunde återvända till ljud-systemets kontrollpanel. *Det är bara att ta ett steg i taget*, tänkte han för sig själv och satte sig i stolen.

Han pressade ner samma knapp som Dan hade tryckt på tidigare.

"Hallå?" sa han in i mikrofonen.

Utanför skakade Dan på huvudet.

Skit. Klockan på panelen visade att det bara var sex minuter kvar tills andra halvlek skulle sätta igång. Blake började beta av varje knapp och ratt på panelen. "Hallå?" sa han om och om igen medan han tryckte på de olika knapparna. "Hallå?"

Men Dan bara skakade på huvudet. Det var tydligt att ingen på utsidan kunde höra honom. Han nådde slutet på den översta raden av knappar och spakar och började på nästa. Tre minuter till andra halvlek.

"Hallå?" Blake tittade upp för att se efter om Dan kunde höra honom den här gången.

Åh, nej. Speakern var tillbaka och han såg inte glad ut. Han hade en djup rynka mellan ögonbrynen och hans mun rörde sig som om han skrek något.

Dan stod bredvid speakern och mimade *skynda dig*.

"Jag försöker", muttrade Blake. Hans

hjärta hamrade medan han vred på nästa ratt. Ingenting. Och nästa. Fortfarande ingenting. Han sneglade bort mot fönstret igen. Speakerns ansikte började bli lika rött som hans hår. Uppståndelsen hade dessutom fått fler människor att dyka upp utanför båset, och snart fick Blake syn på mr Vilman som just höll på att tränga sig fram genom klungan.

Blake mådde illa. Han såg ner på panelen igen. *Kom igen nu då.*

En hög duns skakade hela båset. Sedan en till som fick dörren att knaka. *Helvete*, tänkte Blake, *försöker de bryta sig in?*

Med hjärtat i halsgropen vände han sig mot panelen igen. Han önskade att han visste vad han letade efter.

Där. En spak högst upp på panelen som han inte hade sett förut.

Duns. Båset skakade till igen.

Blake vred på spaken. Bredvid den tändes en liten röd kontrollampa.

"Hallå?" ropade han in i mikrofonen. Utanför kunde han se hur folk vände sig om i sina säten. Ljudet var på.

Han tittade bort mot fönstret vid dörren. Dan syntes inte till, men mr Vilman stod med ansiktet nästan tryckt mot glaset. Ännu en duns skakade dörren.

Det var nu eller aldrig.

Blake var torr i halsen när han sträckte sig efter mikrofonen.

10. Avslutning

"Jag heter Blake Johnson och spelar för Holton City Colts. Jag borde faktiskt ..."
Blake tittade ut genom det stora fönstret. Båda lagen var ute på planen nu, och alla spelarna stirrade upp mot speakerbåset.
"Jag borde faktiskt spela just nu. Men jag är här i stället, och det beror på en man som heter Martin Vilman och som ... ja, ni ska få höra själva. Jag spelade alldeles nyss in ett samtal han hade utanför omklädningsrummen."

Blake stoppade ner handen i fickan och drog upp Dans telefon. Han höll fram den mot mikrofonen och tryckte på play.

"Jag har ju sagt att du ska få dina pengar

så fort jag har vunnit på spelet." Vilmans röst lät spänd och arg.

"Ja, men vad jag inte förstår är varför du är så säker på att du kommer att vinna?" En annan röst. En arg mansröst. Ute på planen och på läktarna stirrade folk häpet upp mot båset.

"Därför att grabben lovade att han skulle fixa så att City Colts förlorade."

"Vilken grabb? Hur då?"

Blake sneglade bort mot dörren igen. Den hade börjat spricka längs ena sidan. *Duns!* Och igen. *Duns!* Han hade inte mycket tid kvar nu.

"Han heter Blake Johnson och är City Colts bäste anfallsspelare. Jag har gett honom pengar för att vika ner sig och sitt lag. Hälften har han redan fått, och resten ska han få när matchen är över. Det är klappat och klart, för fan", sa mr Vilman.

Krasch! Med en ljudlig smäll gav dörren vika. Blake flög upp ur stolen. Folk stormade in, men Blake såg bara mr Vilmans högröda ansikte och hans ögon, som nästan verkade bukta ut ur sina hålor.

"Din förbannade ... Det här ska du få för!" Han högg tag i Blakes fotbollströja.

"Sakta i backarna." Tränarn knuffade undan Vilman. "Rör inte min spelare."

Blake stirrade på de två männen, som verkade vara beredda att flyga på varandra i vilket ögonblick som helst. Fler personer pressade sig in i båset. Alla ropade i munnen på varandra.

Dan försökte tränga sig förbi dem. "Det funkade!" skrek han över oljudet. "Det funkade. Alla hörde."

Perfekt! Blake kunde knappt tro att det var sant. Han hade klarat det. "Vi gjorde det!" utropade han.

"Stopp! Stoppa honom!" skrek Tränarn.

Blake vände sig om. Mr Vilman höll just på att försöka pressa sig igenom klungan av folk och smita ut genom dörren. Och där, i dörröppningen, stod mamma. Hennes blick flackade över rummet, på jakt efter Blake.

Blake mådde plötsligt illa igen. Hon måste ha hört sändningen tillsammans med alla andra. Vad skulle hon tycka om det han hade gjort? Hon trängde sig fram mot honom, och Tränarn klev åt sidan så att hon kunde passera.

"Blake." Hennes ansikte var förvridet av oro. "Åh, Blake, var det så du fick pengarna till hyran?"

Han kunde inte ens titta på henne. Han hängde med huvudet och nickade.

"Du tänkte förlora matchen för pengar?" Blake kunde höra chocken i Tränarns röst

89

nu. "Det var därför du pratade med den där mannen – Vilman – häromdagen?"

Det här var olidligt. "F-förlåt", stammade Blake, "men jag är inte ... jag menar, jag hoppade av. Jag ... jag kunde inte göra det."

Tystnad.

"Blake?" sa mamma. "Se på mig."

Han tittade upp.

"Det du gjorde var fel." Hon svalde. "Men jag vet att du försökte hjälpa mig, och det betyder ... det ..." Hennes röst bröts.

Blake blinkade och sneglade på Tränarn.

"Nå, som jag ser det betyder det att du är en jävla idiot." Tränarn skakade på huvudet. "Men vi kan diskutera det senare. Det är bäst att du sticker ut på planen nu. Och se till att du spelar för att vinna den här gången."

"Ska bli." Blake skyndade ner till fotbolls-planen tillsammans med Dan. I ett par

minuter flockades resten av spelarna
omkring dem medan de upphetsat pratade
om det som just hade hänt. Flera av
spelarna tittade på Blake som om de inte
riktigt kunde fatta att han nästan hade
tagit emot en muta.

Blake tittade upp mot läktarna. Vart
hade mr Vilman tagit vägen? Han måste
ha smitit ut ur båset medan mamma och
Tränarn pratat. Den vetskapen gjorde Blake
illa till mods.

Sedan dök Tränarn upp och drog honom
åt sidan.

"Jag ville bara tala om för dig att jag har
ringt polisen", sa han. "De är på väg hit för
att gripa Vilman. De kommer att vilja prata
med dig också, men bry dig inte om det just
nu." Han pekade ut mot planen. "Vi har en
match att vinna."

Under de första minuterna av andra
halvlek trodde Blake inte att han skulle

klara av att fokusera på spelet. Det gick
runt i hans huvud efter allt som hade hänt.
Men så fick han bollen framför sig och
kände sig just så fri som han alltid brukade
göra när han spelade fotboll. Han störtade
fram och tillbaka över planen, skapade
chanser och sköt på mål så fort han hade
läge. Han gjorde två mål – först på nick
efter en perfekt passning från Dan och
sedan ett volleyskott som seglade mellan
två försvarare rakt in i nätet.

Publiken vrålade medan Blake kramades
om av sina lagkamrater. Och sedan kom
Dan fram till honom.

"Snyggt", flinade han medan resten
av laget joggade tillbaka till sina start-
positioner. "Jag visste väl att du inte skulle
svika oss."

Blake ryckte generat på axlarna. "Tack",
sa han. "Jo, och du – snygg passning ... öh,
tack, kompis. För allt."

"Inga problem."

När matchen slutade hade City Colts
vunnit med 2–0. De hade vunnit finalen.

* * *

De följande timmarna passerade som i en
dimma för Blake. Hans lagkamrater och
Tränarn sa åt honom att han hade varit en
idiot som tagit emot mr Vilmans pengar,
men de förlät honom eftersom han hade
vunnit trofén åt dem. Sedan fick Blake prata
med polisen och berätta exakt vad Vilman
hade bett honom göra. Och några timmar
därefter kom nyheten att mr Vilman hade
blivit gripen.

Nästa dag ringde Tränarn på hemma hos
Blake för att berätta för honom och hans
mamma att mr Vilman redan var kopplad
till en lång rad lindrigare brott.

"Och det betyder att han åker i fängelse
den här gången. Blake måste fortfarande

prata med polisen igen, men alla kan känna sig trygga från och med nu", sa Tränarn och sneglade på mamma. Så harklade han sig och tillade: "Då så, är ni redo för de goda nyheterna?"

Blake såg upp. "Har du ännu fler?"

Tränarn log. "Kommer du ihåg den där talangscouten som satt i publiken i går? Just det, han vill värva dig till Uniteds ungdomslag. Det är en stor utmaning, men ersättningen är bra, så du skulle tjäna pengar redan från början. Det är en fantastisk chans för dig att arbeta dig upp till den högsta ligan."

Blake var stum. Han visste inte vad han skulle tänka eller säga. Uniteds juniorer. Ungdomslaget i en av engelska ligans absoluta toppklubbar. Det var mer än fantastiskt. Det var det bästa som någonsin hade hänt honom.

Han vände sig mot mamma. "Nu kommer

jag att kunna hjälpa till med hyran på riktigt", sa han.

Mamma såg ut som om hon skulle börja gråta, så Blake skyndade sig att byta ämne. Det var en sak som han inte hade kunnat sluta tänka på ända sedan han berättat sanningen för alla om den riggade matchen.

"Hur blir det med de trehundra punden som Vilman gav mig?" sa han till Tränarn. "Måste jag inte betala tillbaka dem nu?"

"Oroa dig inte för det, grabben." Tränarn sneglade på mamma igen. "Advokaterna bråkade en del om det där, men jag har betalat tillbaka summan åt dig tills vidare. Du kan ersätta mig när du har möjlighet."

"Åh." Mammas röst bröts. Hennes ögon var blanka av tårar. "Jag förstår inte hur vi någonsin ska kunna tacka dig", sa hon.

Tränarn skakade på huvudet. "Öh ... nej då, inte är det något att tacka för", sa han strävt. "Att få se Blake spela sitt allra bästa spel är den enda belöning jag vill ha." Han vände sig om för att gå. "Men kom ihåg att du har smutsat ner ditt namn, Blake. Från och med nu måste ditt rykte vara fläckfritt till hundra procent, utan undantag. Klubb-ledarna kommer att hålla ögonen på dig. Tror du att du kan leva med det?"

Blake nickade och lyste upp i ett stort leende. När Tränarn hade gått gick han en trappa upp för att ringa till Dan.

Fem minuter senare störtade han ut genom dörren, på väg till parken – och i huvudet hade han bara en enda sak.

Fotboll.

Fotboll för alltid.

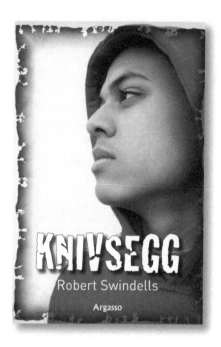

Knivsegg av Robert Swindells

Sam gör allt för att komma undan sina plågoandar. Han vill hämnas. Slå tillbaka. När han får chansen att stjäla en armékniv tvekar han inte. Med kniven i fickan känner han sig hård. Nu ska han äntligen kunna utmana Cecil True ...

ISBN 978-91-85071-75-3

Fånge i tiden av Eric Brown

Storbritannien, 2055. Landet är fullt av beväpnade trupper. Polisen finns överallt. Alla är vita.

Al och Jenny har rest till en skrämmande framtid genom en reva i tiden. Kan de hitta en väg ut ur mardrömmen eller är de fast för alltid?

ISBN 978-91-85071-74-6

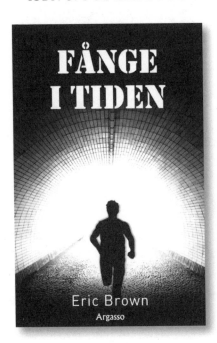

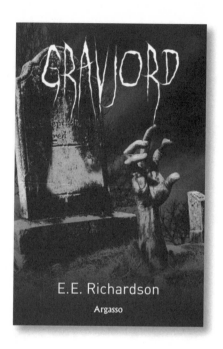

Gravjord av E.E. Richardson

När Darrens bäste vän Luke dör i en olycka
är Darren beredd att göra vad som helst för
att han ska komma tillbaka igen, till och
med utmana döden. Men det som Darren
till sist väcker till liv är inte Luke, utan en
ondskefull kraft ute efter hämnd ...

ISBN 978-91-85071-70-8

Ormbiten av Robert Swindells
När gängledaren Mark tror att Alex har
tjallat på honom bestämmer han sig för
att hämnas. Hur ska Alex slingra sig ur
den här situationen? Kan den halvtama
ormen Pila vara lösningen?

ISBN 978-91-85071-47-0

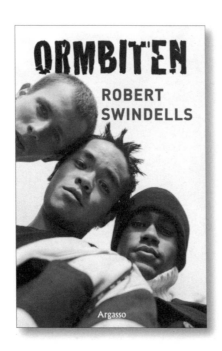